**Para mi familia
K. B.**

Publicación original de Farrar, Straus and Giroux, LLC, Nueva York

© del texto: Kate Banks

© de las ilustraciones: Georg Hallensleben, 2005

Título original: THE GREAT BLUE HOUSE

© de la edición castellana:

EDITORIAL JUVENTUD, S. A. 2005

Provença, 101 - 08029 Barcelona

info@editorialjuventud.es

www.editorialjuventud.es

Traducción: Christiane Reyes

Primera edición, 2005

Depósito legal: B. 32.926-2005

ISBN 84-261-3484-X

Núm. de edición de E. J.: 10.614

Impreso en España - Printed in Spain

Egedsa, c/ Rois de Corella, 12-16 - 08205 Sabadell (Barcelona)

La gran casa azul

KATE BANKS

Ilustraciones de **GEORG HALLENSLEBEN**

Editorial Juventud

Es verano en la gran casa azul.

Los grillos cantan.

La ropa ondea en la cuerda.

Los niños persiguen ranas al borde del arroyo.

Sus voces ascienden como las semillas de diente de león.

¿Oyes sus gritos y sus risas?

Dentro de la casa, la olla hierve en el fogón.
El agua gorgotea en las cañerías.
Por la noche, las luces en las ventanas hacen guiños
a las luciérnagas del jardín.

Los días son cada vez más cortos.
Las gotas de rocío centellean en el césped.
Las maletas se cierran. Las puertas del coche golpean.
«¡Adiós, casa!», gritan los niños.

La puerta está cerrada con llave, las ventanas están bien ajustadas.
La hierba yace mustia en el jardín.
El silencio reina en la gran casa azul. ¿O tal vez no?

Un grifo gotea en la cocina.

La puerta de la alacena se abre.

Un ratón se acaba las últimas migas del verano.

¿Oyes cómo roe?

Fuera, las hojas tiemblan y caen bailando al suelo.

El otoño ha llegado a la gran casa azul.

Una araña teje su red en un rincón en los últimos rayos del día.

Observa los dibujos de la escarcha en los cristales de la ventana.

¿Oyes cómo cruje y se resquebraja?

En alguna parte cede un pestillo y entra una gata callejera
en busca de ratones.
Se pasea por la casa haciendo travesuras.
Salta y tira una vela al suelo.
Luego se acurruca en la caja de la leña al lado de la estufa.
¿Oyes cómo afila sus garras?

En el desván una cuerda tendida se balancea suavemente.
Un pájaro está escondido lejos del gato.

Las cañerías se hielan y el grifo deja de gotear.

La nieve cae suavemente sobre el tejado.

El invierno ha llegado a la gran casa azul.

La gata sale sigilosamente de la casa.

Corretea por la nieve y vuelve a la caja de leña

¿Oyes cómo se sacude los copos de su piel?

El ratón se ha escondido en un armario.
¿Oyes cómo arrastra los cordones de un zapato?

De repente la gata aguza las orejas.
Alguien golpea las ventanas.
Es la lluvia, que viene a despertar el jardín.
La primavera ha vuelto a la gran casa azul.

Los bulbos empiezan a brotar.

Un caracol asoma la cabeza fuera del caparazón.

En el desván el pájaro está haciendo su nido con ramitas y trocitos de tela.

La gata sube la escalera.

Husmea por todos los rincones.

Luego se echa en la cama y se queda dormida en un sueño íntimo.

¿La oyes ronronear?

Las cañerías se deshielan, el grifo vuelve a gotear en el fregadero.
Arriba, el pájaro se sienta pacientemente dentro del nido.
¿Qué debe de esperar?

Un perro ladra a lo lejos. La verja se abre por fin.

Se abren también de par en par las ventanas y puertas de la casa.

«¡Hola, casa!», gritan los niños mientras sacan las cañas de pescar y los remos.

¿Oyes el alboroto?

La tetera silba y se oyen los pies desnudos subiendo la escalera.

Pero ¿qué son esos otros ruidos?

Unos gatitos maúllan.
Unos pajaritos pían.
Un nuevo bebé llora.
El verano ha vuelto a la gran casa azul.

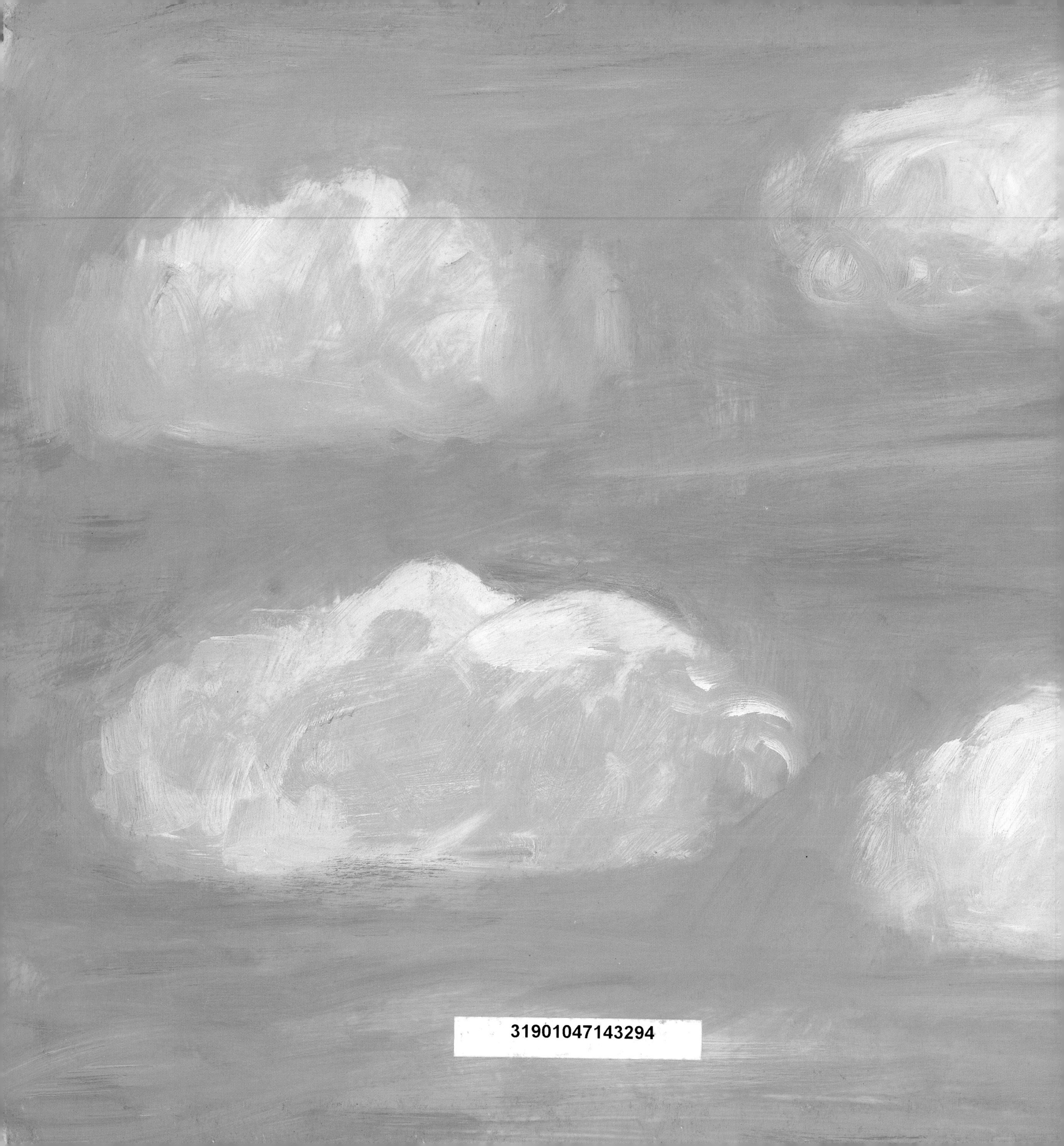